PRINCIPES

LES PLUS GÉNÉRAUX

DE

LA LANGUE FRANÇAISE,

MIS EN VERS,

PAR M***.

A PARIS,

DE L'IMPRIMERIE DE MONSIEUR...

Et se trouve

Chez { ONFROY, Libraire, quai des Augustins.
BAILLY, Libraire, rue Saint-Honoré, près la barrière des Sergens.
GATTEY, Libraire, au Palais-Royal.

M. DCC. LXXXVIII.

A MADEMOISELLE M***.

Chaque ouvrage avec lui porte sa dédicace :
Dans l'une, l'auteur veut obtenir une grâce ;
Dans l'autre, il n'a pour but que des remercîmens :
Je voudrais me trouver dans la dernière classe ;
Tant la reconnaissance a pour moi d'agrémens :
Mais, malgré mes désirs, je suis dans la première.
C'est à votre amitié qu'aujourd'hui je prétends.

A ij

Voulez-vous de l'auteur rejeter la prière....
Prononcez mon arrêt, en tremblant je l'attends ;
Mais grâce pour l'ouvrage! il peut vous être utile:
Je l'entrepris pour vous , et son sujet stérile
Devint bientôt pour moi plus facile à traiter ,
Par le seul intérêt que vous savez prêter.

PRÉFACE.

BIEN peu de personnes parlent correctement la langue française, si l'on en excepte celles qui s'occupant à écrire, sont obligées d'en étudier à fond les principes. Mais d'où vient cette ignorance? l'attribuer à l'indifférence, serait en même tems déshonorer les indifférens, et tomber dans une erreur dont on voit la preuve à chaque instant. Il n'est point d'homme qui ne souffrirait de voir qu'il parlât plus mal qu'un autre, et qu'un tel motif n'exciterait à étudier sa langue. Ce n'est donc que la généralité de l'ignorance qui en soutient la durée. Mais qui peut entretenir cette ignorance dans chaque individu ? Je n'y vois d'autre cause que l'immensité de règles et de principes qu'il faudrait qu'on se mît dans la tête, et dont on croit pouvoir se passer, parce qu'on ne voit personne les savoir. Une étude réfléchie de cinq cents pages abstraites, effraie

ou rebute bientôt celui qui ne voit pas la néces-
sité de s'y adonner. Mais si, laissant les savans
et les curieux chercher dans la grammaire française à connaître les difficultés de cette langue,
on trouvait le moyen d'en analyser les règles
principales, et de les présenter ainsi réduites en
peu de pages aux yeux de tous; quel est celui
qui ne se livrerait pas volontiers à une étude
qui joindrait à l'avantage d'être facile, celui
d'être courte? J'avais souvent fait cette réflexion,
sans former un projet que je n'aurais pas tardé
à reconnaître au dessus de mes forces, lorsqu'une
personne me dit en badinant, qu'il serait fort
plaisant qu'on mît la grammaire en vers. Cette
idée m'étant revenue, et s'étant jointe à celle
de pouvoir être utile à la personne à qui mes vers
sont adressés, je résolus, non pas de mettre la
grammaire française en vers, mais seulement
quelques principes généraux de cette langue.
Je crois qu'une personne accoutumée à parler le
français, pourra le parler correctement, quand
elle saura parfaitement la définition des neuf
signes de la pensée; quand elle connaîtra la

nature du verbe, tous les tems qui le composent;
quand elle saura les former; quand elle distinguera les modes et leurs divers emplois, et
sur-tout celui du subjonctif, auquel on se trompe
le plus souvent. La connaissance des gérondifs
et des participes m'a paru aussi nécessaire; je
n'ai cependant expliqué que les premières règles
de ces derniers, comme étant les plus essen-
tielles. Je crois que l'on peut borner là l'étude
qui demande à être approfondie, et, si je ne
m'abuse pas sur ce point, je me sais bon gré
d'avoir, en moins de quatre cents vers, rassem-
blé ce qu'on eût été long-tems à apprendre par
le moyen de la grammaire.

Si j'entreprenais l'apologie de mes vers, ce
serait faire croire que j'ai eu l'intention d'y atta-
cher quelque prix. J'ai cru pouvoir, dans une
semblable matière, m'écarter de plusieurs règles
qu'il eût été peut-être impossible de suivre : on
y verra des enjambemens, des rimes d'un mot
avec lui-même, d'un hémistiche avec le vers
suivant, souvent même d'un hémistiche avec

l'autre, etc. etc. Mais si j'ai entrepris de faire des vers, on se persuadera aisément que ce n'était pas dans l'intention de faire un poême, mais dans l'idée que la nouveauté rendrait cette étude moins fastidieuse.

PRINCIPES

LES PLUS GÉNÉRAUX

DE

LA LANGUE FRANÇAISE.

Ô vous qui de la langue apprenez les principes,
Et qui dans un gros livre avec ennui cherchez
A connaître les noms, pronoms et participes ,
Les verbes, leurs sujets, leurs régimes cachés,
L'accord de l'adjectif avec son substantif,
A distinguer les tems , nombres, personnes , modes,
Le présent, le futur, les parfaits incommodes ,
Le neutre de l'actif et l'actif du passif,
L'emploi du subjonctif ou de l'indicatif ;
Je voudrais de bon cœur pouvoir vous être utile ,
En rendant cette étude un peu moins difficile.
Vous ne voulez pas faire un cours bien accompli :
(Alors il faudrait lire ou Restaut ou Wailly).
Vous vous contenterez des règles générales,
Et je vais vous donner ici les principales.

Parlons du substantif, voyons sa qualité : Du Substantif.
Un mot qui nous désigne un objet , une chose.

Pour substantif ici je choisirai la *Rose*.

De l'Adjectif. L'adjectif vient d'un mot (*a*) qui veut dire ajouté.

A la *rose*, en effet, si l'on ajoute *éclose*,

Éclose est adjectif ; il est au singulier,

Rose, son substantif, n'étant point au plurier :

N'oublions donc jamais d'accorder l'un et l'autre.

Le genre doit marquer votre sexe ou le nôtre.

Du Pronom. Le pronom est un mot qui tient place d'un nom,

Et qui fait éviter sa répétition.

L'esprit est un présent que nous fait la nature ;

IL *embellit vos traits*, IL *fait votre parure.*

Les deux *il* de ce vers sont chacun un pronom.

De l'Article. On voit toujours l'article aller avant le nom.

Le français n'en a qu'un très-facile à connaître.

Le précède toujours un nom au masculin ;

La se met au contraire avant un féminin.

LA *sage modestie en vous accroît encore*

LE *mérite brillant qui déja vous décore.*

L'article, comme on voit, nous sert à désigner.

De l'Adverbe. De l'adverbe à présent voyons les conséquences.

Quiconque a du talent ne peut TROP *le soigner ;*

Quelque grand qu'il puisse être, il peut TOUJOURS *gagner.*

On voit que *trop*, *toujours*, marquent des circonstances :

L'adverbe nous sert donc à donner des nuances.

De la Préposition. La préposition se met devant les mots,

Et marque leurs rapports en fixant le repos.

(*a*) *Adjectus*, mot latin, signifie ajouté.

Savoir A *sa rivale ainsi rendre justice ,*
Du plus rare talent c'est le plus sûr indice.
Dans ces deux vers, *à* , *du* , sont prépositions.
Et , *ni* , *sinon* , *tantôt* , sont des·conjonctions.   De la
                                                             Conjonction.
Voulez-vous en tout tems paraître aimable ET *plaire,*
Ne changez point vos mœurs NI *votre caractère ;*
SINON *bientôt pour vous vous verrez refroidir*
Tous les cœurs qui TANTÔT *venaient vous applaudir.*
La conjonction sert à lier une phrase ;
Et l'interjection marque souvent l'extase ,   De l'Interjection.
La tritesse, ou la joie, ou la crainte, ou l'espoir.
Voila déja huit mots pour rendre la pensée.
Nous n'en avons que neuf, un vous reste à savoir.
Ne vous trouvez-vous pas déja fort avancée ?
Vous en êtes au verbe. Avant de conjuguer (*a*) ,
Apprenez ce que c'est. Ce mot dit joindre ensemble.
Donc celui qui conjugue, unit, récite, assemble
Différens mots qu'il sait avec soin distinguer
Par différens pronoms qui, d'après leur usage ,
Ont retenu le nom de pronoms personnels.
Les expliquer ici, serait, je crois, peu sage ;
Ces pronoms joints au verbe y seront naturels.
    Voyons ce qu'est un verbe : un mot qui nous exprime   Du Verbe.
Ce que fait un sujet ou ce que l'on lui fait,
Et même très-souvent l'état seul du sujet.
On appelle sujet la personne ou la chose   Du Sujet.
Sur laquelle en parlant notre esprit se repose.

(*a*) Conjuguer vient du mot latin *conjungere* ou *jungere cum,*
joindre avec.

Dit-on qu'un homme *opprime ,* on a le verbe actif ;
Mais s'il *est opprimé ,* le verbe est au passif.
On met le verbe au neutre (*a*) en disant, *Il repose ;*
Le passif marque donc ce qu'on fait au sujet,
Le neutre son état, et l'actif ce qu'il fait.

Du Régime. Le régime est un mot qui , sans autre intermède,
Détermine ou restraint celui qui le précède.

Du Simple. Il est simple, s'il est sans préposition :
Le guide le plus sûr est LA RÉFLEXION ;

Du Composé. Composé, si quelqu'une à son sens est liée :
La grâce A LA BEAUTÉ *chez vous est alliée.*
Modes , personnes, tems, nombres, vont s'éclaircir.
Mode nous vient d'un mot (*b*) qui veut dire manière.
Nous en connaissons quatre, et chacun doit servir
Pour employer le verbe en un sens tout contraire.

Les quatre Modes. D'abord l'infinitif, et puis l'indicatif ;
Le subjonctif le suit , après l'impératif.

Des Tems. Par les tems on connaît si le fait dont on parle
Est présent ou passé , si ce n'est qu'un futur.

Des nombres. Les nombres dans les tems donnent un moyen sûr
Pour savoir si d'un seul ou de plusieurs on parle.
Si l'on parle d'un seul , ce n'est qu'au singulier ;
Parle-t-on de plusieurs, alors c'est au plurier.

Des Personnes. Les personnes enfin apprennent à connaître
La personne qui parle , ou dont on veut parler,
Ou bien à qui l'on parle ; et pour les mieux régler,

(*a*) Ce mot vient du latin *neuter,* qui veut dire ni l'un ni l'autre ;
ici , ni actif ni passif.

(*b*) *Modus ,* mot latin qui veut dire manière.

Dans l'exemple suivant vous les verrez paraître.

Voulez-vous me parler, vous direz, Vous *m'aimez ;*

Si c'est moi qui réponds, je dirai, Je *vous aime ;*

De moi qu'un autre parle, il doit dire, Il *vous aime.*

Je, vous, il, personnels, nos pronoms sont trouvés *(a)*.

Arrêtons nous ici, car, malgré tout mon zèle,

Je ne saurais plus loin être un guide fidèle.

Prenez votre grammaire, apprenez, sans courir,

Les verbes *être, avoir, plaire, paraître, ouvrir,*

Réduire, aimer, finir, sentir, devoir, se rendre,

Se plaindre, se tenir, et même *se défendre ;*

Si vous les savez bien, je puis continuer.

Oui le plus fort est fait, à bien évaluer :

Ne les savez-vous pas ; gardez-vous de me lire,

Vous n'entendriez rien à ce que je vais dire.

DES QUATRE MODES DU VERBE.

L'infinitif apprend à connaître le tems;   De l'Infinitif.

Et quelquefois encore il désigne le nombre.

Cette aimable beauté peut AVOIR *quatorze ans,*

Charmante je l'ai VUE, *et nous étions au sombre.*

Avoir et *vue,* ici sont de l'infinitif ;

Avoir est au présent, et *vue* au participe.

Toujours l'infinitif donne un tems relatif.

Avant d'aller plus loin, expliquons ce principe.

L'infinitif présent nous désigne un présent,

Mais par relation au verbe qui précède.

Dans le premier exemple, *avoir* à *peut* succède ;

(a) Il y en a encore trois, *tu, nous, ils ;* mais trois suffisent pour apprendre l'usage des autres.

Peut étant au présent, *avoir* marque un présent.

Revoir marque un passé dans l'exemple suivant;

Et la raison en est qu'un parfait le précède:

Hélas, depuis huit jours je n'ai pu la REVOIR!

L'infinitif passé suit le même principe.

Dans l'exemple cité, *vue* est au participe;

Donc dans l'infinitif le nombre peut se voir.

Avez-vous quelque doute, un instant le dissipe:

Ce mot *vue* est sans *s*, il est donc singulier,

Car vous savez que l'*s* désigne le plurier.

Mais le singulier marque une seule personne;

Voilà le nombre enfin que l'infinitif donne.

Pour chacun autre mode, en conjuguant on sait

Qu'il nous marque le tems, le nombre et la personne.

De l'Indicatif. L'indicatif affirme, et le sens est parfait.

Son organe EST *charmant, son regard* EST *aimable,*

Son maintien imposant et son abord affable.

Du Subjonctif. Le subjonctif tout seul ne présente aucun sens;

Hélas! s'il se pouvait que je LA VISSE *encore!*

Otez *s'il se pouvait*, et voyez si je ments.

De l'Impératif. L'impératif commande, excite, exhorte, implore;

Souvent il sert au maître: OBÉIS *à ma voix;*

Quelquefois au guerrier qui cherche les exploits:

Ainsi le grand Brissac, au jour d'une conquête,

Criait à ses soldats, en marchant avec eux:

PRENEZ *courage, amis, Brissac à votre tête!*

Tantôt l'amant timide en déclarant ses feux,

Et vantant son amour aux pieds de sa maîtresse,

Lui dit avec ardeur, COURONNEZ *ma tendresse;*

Tantôt la tendre amante, en agréant ses vœux,

Répond d'un air modeste, et qui la rend plus belle ;
Mon ami, levez-vous, SOYEZ *toujours fidèle.*
Examinons les tems : ceux de l'infinitif

Sont d'abord le présent, et puis le participe ;
Ensuite le parfait, le premier gérondif,
Que l'on nomme présent, qui suit même principe
Que les trois premiers tems dont nous avons parlé.
Le second gérondif prend le nom de passé ;
Il présente toujours la chose déja faite.
Veut-on peindre un mortel dont la peine est parfaite,
L'un nous le dit *aimant,* et l'autre *ayant aimé.*
Voyons l'indicatif ; de suite il nous présente

Le présent, l'imparfait, le parfait défini ;
Plus un autre parfait qu'on nomme indéfini ;
Un troisième parfait que très-peu l'on fréquente,
Qu'on dit antérieur, et de plus défini ;
Un seul plusque-parfait dont nous verrons la place ;
Deux futurs, dont l'un simple et l'autre composé ;
Deux conditionnels, un présent, un passé.
Le présent nous apprend qu'une chose est, se passe ;

L'imparfait, qu'elle était quand un fait s'est passé ;

Le parfait défini marque une chose faite

Dans une époque, un tems dont il ne reste rien ;
L'indéfini paraît la montrer moins complète :

Telle chose est passée, il nous le dit fort bien,
Mais sans fixer le tems, s'il ne subsiste encore.
Si ce tems est passé, l'époque s'en ignore.
L'antérieur désigne un tel fait arrivé

Avant tel autre fait que l'on dit achevé
Dans une époque fixe, et dont rien ne nous reste.

Marginal notes:

- Tems de l'Infinitif.
- Tems de l'Indicatif.
- Présent de l'Indicatif.
- Imparfait.
- Parfait défini.
- Parfait indéfini.
- Parfait antérieur, défini.

Plusque-parfait.	Par le plusque-parfait on assure, on atteste
	Qu'un fait était passé quand un autre s'est fait.
Futur simple.	Notre premier futur annonce qu'un tel fait
Futur composé.	Seulement se fera ; mais le second expose
	Qu'on aura fait la chose avant telle autre chose.
Conditionnels.	Les conditionnels marquent condition
	Sous laquelle on eût fait ou ferait l'action :
	Quelquefois tous les deux ont pour objet un doute.
	J'aurais pu vous donner des exemples en route ;
	D'expliquer mes dix tems j'avais l'intention :
	Dans les vers qui vont suivre on voit leur différence :
Présent.	*L'amour* PRODUIT *sur l'homme un effet ravissant :*
Imparfait.	*Avant de le connaître* IL ÉTAIT *languissant ;*
	Tout seul dans l'univers, de sa frêle existence
	Le malheureux à peine avait-il connaissance ;
Parfait défini récitatif.	IL LA SENTIT *enfin,* IL L'APPRIT *en aimant.*
Parfait défini.	*Licidas* VIT HIER *une personne aimable ;*
Parfait indéfini.	JE L'AI VU *ce matin, il est méconnaissable :*
	Faut-il s'en étonner ? Licidas est amant ;
Parfait antérieur défini.	*Il le devint hier, dès* QU'IL EUT VU *vos charmes ;*
Plusque-parfait.	IL AVAIT *jusqu'alors* MÉCONNU *les alarmes ;*
Futur simple.	*Sans doute* IL EN AURA, *c'est le fruit de l'amour ;*
Futur composé.	*Quand* IL AURA PAYÉ *ce tribut nécessaire,*
	Le plaisir en sera bien meilleur à son tour ;
Conditionnel présent.	*Mais en vain Licidas autrement* VOUDRAIT *faire,*
Conditionnel passé.	*Qui n'*EÛT POINT EU *de peine* EÛT EU *bien peu d'amour.*
Tems de l'Impératif.	L'impératif nous donne un seul tems ; il désigne
	Un futur, par rapport à ce qu'il nous assigne ;
	Il commande au présent, et c'est pour l'avenir :
	CULTIVEZ *les talens qu'on vous voit réunir ;*

De

De vos premiers succès MONTREZ-*vous toujours digne.*
Nous n'avons plus qu'un mode, et c'est le subjonctif :
Il est par quelques-uns appelé conjonctif ;
De la conjonction, qui toujours le précède,
Il prend ce dernier nom ; mais il est moins connu :
C'est pourquoi d'en parler je me suis abstenu.
Quatre tems : le présent, l'imparfait lui succède,
Ensuite le parfait et le plusque-parfait :
Nous connaîtrons plus tard l'emploi que l'on en fait.
Vous savez tous vos tems, chose bien nécessaire,
Vous les avez d'ailleurs appris dans la grammaire.
Mais je vous dois ici sauver d'un embarras.
Comment conjuguer *coudre ?* il ne s'y trouve pas.
Ce verbe moins commun, en est plus difficile :
C'est-là que la grammaire est encor bien utile.
Prenons-la quelquefois, et dans Wailly lisons
Les remarques qu'il fait sur les conjugaisons.
Sous un guide pareil vous pouvez être sûre
De toujours employer la langue la plus pure.
Je crois qu'à la mémoire échappe rarement
Ce qu'on lui fait apprendre avec raisonnement.
Savoir former ses tems me semble une méthode
Pour se les rappeler utile et très-commode.

Tems du Subjonctif.

FORMATION DES TEMS.

Les verbes en vingt tems sont toujours divisés (*a*) ;
Onze ont le nom de simple, et neuf sont composés.

(*a*) Il n'est ici question que des verbes réguliers, c'est-à-dire, de ceux qui ont tous leurs tems.

B*

Tems simple. On appelle tems simple, un tems dont l'ordinaire
Est de se conjuguer sans verbe auxiliaire (*a*) ;

Tems composé. Et par tems composé, nous entendons celui
Qui joint au participe un tems d'*avoir* ou d'*être* :
Cette distinction les fait assez connaître,
Sans qu'un plus long détail vous donne de l'ennui.
Les tems simples encore eux-mêmes se divisent ;

Tems primitifs. Cinq joignent à ce nom celui de primitif (*b*) ;
Aux autres ces derniers nous mènent, nous conduisent :
Nous en trouvons déja trois dans l'infinitif ;
Le présent en est un, le participe un autre,
Enfin le gérondif. Deux dans l'indicatif
Feront cinq, ou mon compte est différent du vôtre ;
Ceux-ci sont le présent, le parfait défini.
On peut former ses tems sans un mal infini.
Un peu d'attention suffit pour qu'on l'éprouve.

Formation du futur. L'infinitif présent nous donne le futur ;
Pour trouver ce dernier l'infinitif est sûr ;
Mais cet infinitif en *r* ou *re* se trouve.
Voyons un verbe en *r*, si votre choix l'approuve
Prenez le verbe *aimer*, et changez *r* en *rai*,
Ou je me trompe, ou bien vous direz *j'aimerai*.
Pour les verbes en *r* cette méthode est claire.
L'infinitif est-il en *re*, changeons-le en *rai* :

(*a*) C'est ainsi que l'on nomme les verbes *être* et *avoir*, du mot latin *auxilium*, aide, parce qu'ils servent ou aident à conjuguer plusieurs tems des autres.

(*b*) On appelle tems primitifs, ceux qui servent à former les autres ; ce que j'ai voulu faire entendre par le vers suivant.

Mais on dira très-bien, *madame* EST DEMEURANTE.
Toujours le participe avec grand soin se met
Aux mêmes genre et nombre où l'on voit son sujet (*a*).
Dans les verbes passifs : *Louange méritée,*
Par beaucoup de travaux EST *souvent* ACHETÉE.
Dans les verbes actifs ou neutres, dont les tems
Se servent du verbe *être* : *Oui, ma sœur* EST VENUE (*b*), Ex. du participe
actif.
Oui c'est trop vrai, madame, et vous êtes perdue.
Nous errons, on nous loue, et nous sommes CONTENS. Ex. du parti-
cipe neutre.
Dans les pronominaux (*c*) n'étant ni réciproques,
Ni même réfléchis : JE ME SUIS RAPPELÉ.
ON SE SOUVIENT *toujours de semblables époques.*
JE ME SAIS *bien bon gré de vous avoir parlé.*
Dans les verbes actifs, réfléchis, réciproques
(Cette observation souvent vous servira),

(*a*) On a vu plus haut ce que l'on appelle sujet.

(*b*) Ce verbe au premier aspect peut paraître neutre ; mais en
suivant M. de Wailly, on distinguera trois sortes de verbes actifs :
le premier a un régime simple, *Vous avez des talens* ; le second un
régime composé, *Vous applaudissez aux talens des autres* ; et le troisième n'a point de régime : tel est celui de l'exemple ; quand je dis,
Ma sœur est venue, cela marque une action faite par ma sœur pour
venir. On ne peut nier que le verbe *venir* marque action ; c'est
donc un verbe actif.

(*c*) On appelle verbe pronominal celui qui se conjugue avec deux
pronoms de la même personne. Les verbes pronominaux réciproques sont ceux qui expriment l'action de plusieurs sujets qui
agissent les uns sur les autres. Les verbes pronominaux réfléchis,
sont ceux qui expriment une action qui retombe sur le sujet qui la
produit.

Le voit-on précédé de son régime simple,
Il prend ses genre et nombre ; ainsi l'on vous dira :
A ce charmant maintien, à-la-fois noble et simple,
De toute autre aisément on vous distinguera :
Vous ajoutez encore aux dons de la nature ;
Vous les avez ORNÉS *de leur seule parure.*
Au grand ton, préférant cette simplicité,
VOUS VOUS ÊTES *encor, s'il se peut,* EMBELLIE,
Et les grâces en vous égalant la beauté,
Concourent avec elle à vous rendre accomplie.